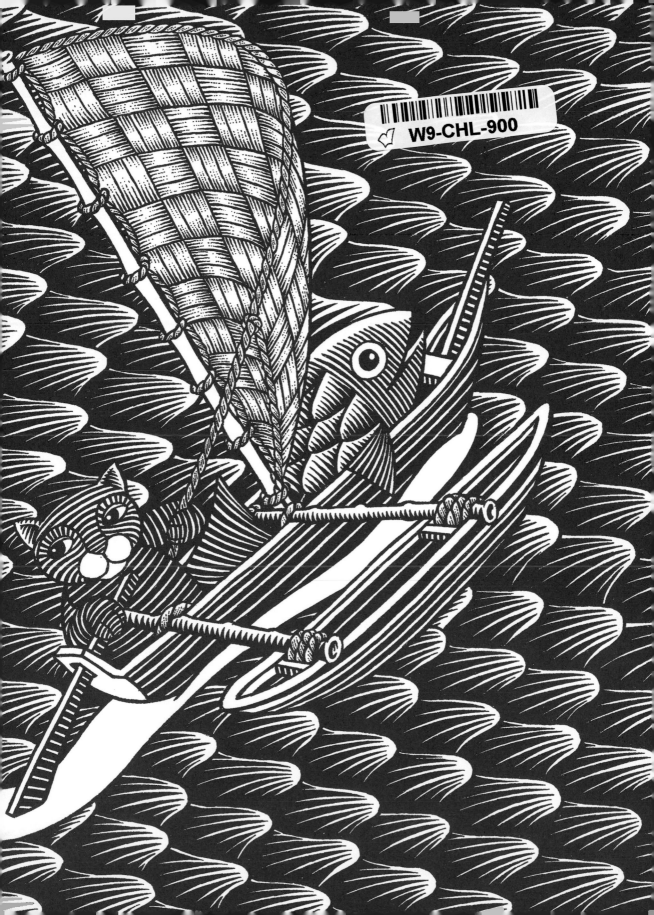

Gato y Pez

¿A dónde van las olas?

*

Joan Grant
Ilustraciones: **Neil Curtis**

LIBROS DEL ZORRO ROJO

Gato y Pez vivían
donde la tierra se une
con el mar.

Eran muy curiosos
y se preguntaban
cómo sería el mundo.
Un día decidieron
averiguar a dónde los
llevarían las olas...

Los peces voladores
les mostraron el camino.
Las olas *corrían* hacia
una isla rodeada de nubes.

Pero pronto
estalló una gran
tormenta.

Se vieron arrastrados
por el agua y ya no podían
ver tierra.

Por supuesto, Pez
podía bucear, pero Gato…
… lamentó no ser Pez.

Enseguida, Pez encontró
a una amable tortuga que
se ofreció a llevar a su amigo.

Pero Gato se mareaba
y deseó estar en tierra.

En la isla, Gato
se sintió mejor, pero
¿dónde estaba Pez?

Águila Marina
había visto lo que ocurría.

Alzó a Pez y lo llevó
a tierra.

Gato y Pez estaban
contentos de verse, pero
tan agotados que treparon
a un nido abandonado
y se durmieron.

Cuando despertaron,
vieron un faro y pensaron
que podría ser un buen
lugar para mirar.

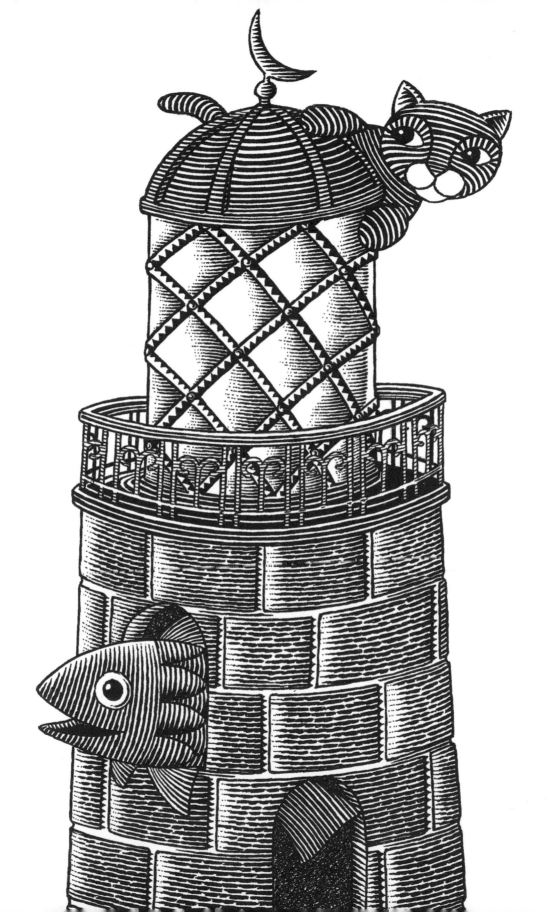

Gato
admiraba
las olas
yéndose
hacia
alta mar...

... mientras Pez
hacía olitas en la bañera.

Pensaron que si tuvieran alas podrían abandonar la isla y seguir el rumbo de las olas.

Pez preguntó a las
doce lechuzas sabias
de la isla dónde podían
conseguir alas.

«Habla con Águila Marina»,
dijeron las lechuzas.
«Sus alas son fuertes.
Ella puede volar a través
del océano.»

Águila Marina dio
a Gato algunas plumas
para hacerse alas,
y enseñó a Pez cómo
usar sus aletas.

Pero Gato volvió a
marearse y Pez no pudo
volar lo bastante alto.

Ya que volar no era
la solución, pensaron
en otras maneras
de resolver el problema.

«¿Y si tú fueras
un Gatopez?», dijo Pez,
«¿y yo un Pezgato?».

Así podríamos nadar
y correr al mismo tiempo
a través de las olas.

«Pero si tú fueras
un Pezgato,
ya no serías Pez»,
dijo Gato.

«Y si tú fueras
un Gatopez,
ya no serías Gato»,
dijo Pez.

Los dos amigos se dieron
cuenta de que preferían
ser como eran:

Un animalito peludo
que podía correr y
otro cubierto de escamas
que podía nadar.

Y aunque no pudieran volar
seguirían juntos,
ayudándose el uno al otro,
persiguiendo las olas...

... como Gato y Pez.

Para mi hermana Christine, N. C.
Para mis nietos, J. G.

Título original: *Cat and Fish go to see*

© 2005, de las ilustraciones: Neil Curtis
© 2005, del texto: Joan Grant
© 2013, de esta edición: Libros del Zorro Rojo
Barcelona - Buenos Aires
www.librosdelzorrorojo.com

Traducción: Elena del Amo
Edición: Ana Lucía Salgado

ISBN: 978-84-940336-7-4   Depósito legal: B-2568-2013

Primera edición: febrero 2013

Impreso en Barcelona
por Gráficas '94

El derecho a utilizar la marca «Libros del Zorro Rojo»
corresponde exclusivamente a las siguientes empresas:
albur producciones editoriales s.l.
LZR Ediciones s.r.l.